Heinz Piontek

Vorkriegszeit

Ein Gedicht

Schneekluth

CIP-Kurztitelaufnahme der Deutschen Bibliothek

Piontek, Heinz
Vorkriegszeit: Ein Gedicht/Heinz Piontek. 1. Auflage
München: Schneekluth 1980
ISBN 3-7951-0736-9

ISBN 3-7951-0736-9

Gesamtherstellung: Mohndruck Graphische Betriebe GmbH, Gütersloh
Printed in Germany 1980

Darum hat er über sie ausgeschüttet
den Grimm seines Zorns
und eine Kriegsmacht
und hat sie umher angezündet,
aber sie merken es nicht;
und hat sie angesteckt,
aber sie nehmen es nicht zu Herzen.

Jesaja

I

Weisheit, wer
liebt dich noch

wie im Anfang:
als einen unbefleckten
Spiegel der göttlichen Kraft?

Ich, am Riff
eines Jahrtausends,
weiß wohl,

daß wir nicht
weiser geworden sind,
aber verzweifelter.

Darum hänge ich
weiter an dir,
entbrenne für dich

mit meinem
noch verbliebenen Feuer.

Denn deine frühen Formen
sind die dauerhaften.

Zeitweise,
von selbstsicherem Verstand bestochen,
wandte auch ich mich ab

von der rauhen Einfalt
der ersten Worte

und machte Jagd auf neue Einsichten:
den Scharfsinn der Finten,
Finessen und auf die glänzenden
Umkehrungen der Beweise.

Jetzt aber
wiederhol ich's:

> Auch ich bin ein sterblicher Mensch
> wie die anderen, geboren vom Geschlecht
> der geschaffenen Menschen,
>
> und bin als Fleisch ausgebildet,
> zusammengeronnen aus Mannssamen
> durch Lust am Beischlafen.

Habe auch, da ich geboren war, Atem geholt
aus der gewöhnlichen Luft und bin auch
gefallen auf den Erdboden (der uns
mitsammen auffängt über dem Bodenlosen),

und Weinen ist wie bei den anderen
meine erste Stimme gewesen.

Ich bin in Windeln auferzogen worden mit Sorgen;
kein Machthaber hat einen anderen Anfang seiner Geburt,
sondern wir haben einerlei Eingang ins Leben
und den gleichen Ausgang.

Dazu hab ich Gewißheit, daß der Tag
ab- und zunimmt; wie die Jahreszeit sich ändert,
also das Jahr herumläuft; wie die Sterne stehn.

Und ein wenig Wissen von der Art der zahmen
Tiere und der wilden Bienen; wie der Wind stürmt;
von mancherlei Art der Bäume mit ihren Farben,
und was die Leute im Sinn haben.

Heute aber
gehe ich auf und ab.
Verlier mich in Fragen
und werde von ihnen gestellt.

Wohl kann auch Schwerwiegendes
sichtlich sich fortbewegen,
doch wandern im Untergrund
die Gewichte nicht entgegengesetzt?

Und was bleibt *wirklich*
für mich?

Kommt, was kommen muß?

Weisheit,
beiseite geworfen
wie eine zertretene Leiche:

Wenn du die staubbedeckten
Wimpern aufschlägst,
wird es hell.

Heute noch —
in dieser Vorkriegszeit.

2

Durch die Panoramascheibe der hohen Etage,
wo er arbeitend seine Entscheidungen trifft,
kann er den Ball
der Frühlingssonne sehen.
Unter ihr schweben ein paar Schneeflocken.

Unentschlossen segeln Krähen
über die Dächer der Lagerschuppen,
hierhin, dorthin.

Er, er hält noch an seinem Traum fest,
wo er seine Stege
hinter sich in Brand stecken müßte.

Heute noch. Oder morgen. Übermorgen
hat er womöglich nicht mehr Entschlußkraft genug.

Sein Zigarillo brennt acht Minuten.
Er findet keinen Geschmack am Tabak,

er raucht und findet keinen Gefallen mehr
an seinen Tagen, Taten, Genüssen —

So kann es sich verhalten. Oder:
So ist es nach dem achtundfünfzigsten Winter —

mit Gut, Ehr, Kind und Weib
und der Erinnerung an die letzte sehr Junge,
deren hellgrüne Augen
schon stark verblaßt sind.

Jetzt will er das GANZ ANDERE.

Untertauchen in Baumschulen mit Korb und Hippe.
Oder seinen kahlgeschorenen Kopf
unter buddhistischen Mönchen wiederfinden.

Oder sich begnügen mit drei Pullovern übereinander
bei jedem Wetter: Nahrungsmittel, Wermut,
Taschenmesser und Reisepaß
in einem Einkaufsbeutel.

Kein Leben mehr mit Gedrucktem.
Allenfalls mit ein paar herausgerissenen Seiten
aus einer Bibel auf englisch.

Dennoch möchte er noch vieles lernen —
zum Beispiel von jener Wolke:

In sich gefestigt, kehrt sie ihre Aufmerksamkeit
geballt nach außen —
auf freier ruhiger Fahrt.

Nun fallen ihm am Grund der Straße
winzige junge Leute auf,
die auf einen Landrover zugehen.

Er fürchtet, sie werden das Ende
der Vorkriegszeit noch erleben.

3

Bevor wir uns verwundern,
ist es zu spät.

Verdunkeltes Gold oder helles,
Liegenschaften, Besessenheiten, Buchseiten,
Kleiderschränke, die mondfarbenen Strände Afrikas,
Versicherungs- und Rückversicherungspapiere
werden viele von uns umbringen —

Technologien, Getreidespeicher, Rennställe,
Orden um den Hals, Ämter und Nachtarbeit
(auch für Frauen), sehr schnelle Wagen,
zu große Wagen, Branntwein, Musik, Betten
werden viele von uns umbringen —

bevor noch die ersten Raketen
ihre unterirdischen Silos verlassen.

4

Es zieht das Unwetter
in die Weinberge.

Glück ist vielleicht,
wenn ein Segelboot winters
nicht ausgeplündert wird

oder wenn man betagten Pfaffen
noch keine Mühlsteine
um den Hals hängt.

Jagd, Jagd
und ein verzehrendes Feuer.

Bald werden die Igel
in unsren offengebliebenen alten
Fragen nisten,

Eulen in den aufgegebenen Systemen
der Wissenschaft

und die unverzagten Amseln
mehr als ein Mandat erhalten.

Wir aber haben aufgehört zu singen.
Das Vertrauen in unsere Landessprache
findet keinen Grund —

Die tiefliegenden Keller,
wo man auch Kaufleute mit Lösegeld
samt ihren Kindern
an die Wand stellt.

Ernte. Beute. Staub. Meer.
Vielleicht reimt es noch einer
wie zum letzten Mal
eilig zusammen?

Ich horche
auf Silben.

Die einfache unverrückbare Weisheit
ist waffenlos.

5

Die Mauern stehen kalt.
Ich ziehe den Kopf zwischen die Schultern.

Fürchte mich, streite mich,
arbeite, rauche . . .

Übergewalt des Himmels.

Das ablaufende Uhrwerk,
unsere Sprache,
nimmt sie nicht zur Kenntnis.

Wie bring ich,
was gewiß ist,
vor?

Könnte ich mit Worten
wenigstens einen Windschutz bilden,
an dem sich der rauschende Westwind bricht.

Wie nur durchdringen
mit gewöhnlicher Rede
bis in die geschmückte Öde
der Vereinzelung?

Wie im täglichen Metapherngestöber
zu den Eingängen gelangen
in unser Inwendiges voller Wüste?

Wie sag ich's
ohne Furcht?

Durch
Zeichensprache.

Durch meine Sprachzeichen,
die das Weiße zwischen den Lettern,
was unaussprechbar bleibt,
mit einbeziehen.

6

Wird die Zukunft noch einmal
auf vergessener
Vergangenheit fußen?

Wird ein frisches Brot
wieder zur Hauptsache werden?

Und wer Anspruch hat
auf seinen achten Teil,

wird er scharf
darüber wachen,

daß er nicht
um ein paar Brosamen
zu kurz kommt?

7

Sehe ich schwarz,
bis auf den Grund des Schwarzen,
müssen Rabenfedern erbleichen.

8

Wieviel Leiden, das verborgen bleibt.

Auch wenn du deinen Körper jahrzehntelang
pflegen kannst wie diese Frau von gutem Wuchs
— ihre Tochter steht auf der Fahndungsliste —,
kommt dann das Frieren von innen.

Manchmal hängt sie einen
mit Pelzwerk ausgeschlagenen Mantel
über ihre Schultern.

Draußen fällt ein leichter duftender Regen.

Im Stadtinnern ist es trocken.
Ihr Friseur hat heute einen verbundenen Daumen.

Wenn sie das Modeatelier besucht,
um in neuen Kleidern zu blättern,
denkt sie oft an eine
altmodische Wendung:

Der letzte Schrei.

Ihre Schmerzen
unterhalb des Gürtels.
Sie beachtet sie kaum,
hat keine Angst vor dem Unheilbaren.

Hin und wieder eine kleine Hitze,
die über ihr gepudertes Gesicht fliegt.

Wie häufig spricht ihr Mann mit ihr?

Seine Sitzungen. Tagungen. Befragungen.
Geschäftsflüge. Arbeitsessen. Treibjagden.
Geheimkonferenzen.

Sie bedauert ihn, der Infarkt
ist ihm sicher.

Wenn sie ihre Wohnräume (Säle)
mit Tafeln der Donauschule durchquert,
entsteht kein Laut:

altdeutsche Einsamkeit.

Gestern im Abenddämmern
hörte sie auf ihrer weiten toten Terrasse
ein Schürfen durch die abgefallenen Buchenblätter,
als schliche jemand ums Haus.

Sie möchte lachen.
Will man sie einschüchtern?
Dann blickt sie auf Schlagzeilen mit Drohungen
und Herausforderungen.

Es wird so weitergehen.

Auf einmal
steht ihr im Spiegel
mit den altersschwarzen Punkten

ein Mädchen in verwaschener Hose
und Windjacke gegenüber.

Das Gesicht ist entstellt.
›Ulla‹, sagt die Mutter zur Tochter.
Keine Antwort.
Nicht das geringste Anzeichen von Zuneigung
oder Gefühlen eines Kindes.

Das Mädchen hat eine kleine
schwere Handtasche bei sich.
Ihr Inhalt, wenn er stählern ist,
wird eine Präzisionsarbeit sein.

Nun sagt sie ohne Bitterkeit,
fast schon erleichtert:

›Vielleicht gibt es wirklich
den Schädling Mensch,
den man bekämpfen muß
wie das Ungeziefer auf den Bäumen.‹

Und sie möchte zu Ulla noch sagen:
Leg ruhig an!
Ich weiß, wie gut du triffst.

Da schaut sie plötzlich mit leerem Blick
dem eigenen Spiegelbild
in die weit offenstehenden leeren Augen.

Keine Erlösung.

9

Der langgezogene stille Spiegel
des Kanals.
Staub auf seidiger Wasserfläche.

Weiter weg die geschwungene Brücke
und im Hintergrund ein Nebelstreif:
das Schloß.

In der Halbhelle
des Sommerabends schlendern
schöne leicht verwischte Figuren
oder halten inne,
miteinander redend —

wie in einer anderen
Vorkriegszeit:

Da hölzerne Räder
knirschend hielten
und aus heruntergelassenen
Kutschenfenstern

das Lachen
junger Frauen verhallte.

Da sich kein Wind regte.

Noch kein Ölruß
in die Mansarden drang,

wo in einer von ihnen
— wie Traum und Sehnsucht
blutarmer Empfindsamkeit es wollten —

jemand mit einer Stirnlocke
zierlich unsterbliche
Zeilen baute.

Da man am Ende des Arbeitstags
draußen auf seiner Hausbank
die gußeisernmüden Beine
weit von sich streckte

und vor der aufziehenden Nacht
ein Kreuz schlug.

Da Soldaten
in Schilderhäusern
einschlummerten.

Da das Volk nur
vor nächtlicher Brandstiftung
bangte

und man Städte erst
nach monatelangen Belagerungen
in Schutt legen konnte.

Da über die Feuerkraft
startklarer Flugkörper
noch keine Berichte umliefen —

(wie heute, da man sie
ins Sagenhafte entrückt,

um sie aus dem Kreis
täglicher Gedanken
zu verbannen).

10

Er verbarg die
unter zottigen Brauen
liegenden Augen.

Er reinigte sich siebenmal.

Er zog den Gurt fest
und verneigte sich,

bis seine Stirn,
randvoll mit tollen
Fieberbildern,

auf den Boden
aufschlug.

Umsonst.

Er *sah* mit zugehaltenen Augen,
hörte mit Wachs in den Ohren
die STIMME.

Sie drang durch
und durch.

An einem eisernen Nagel
hing sein Feiertagskleid,
Staub und Spinnen überlassen.
In einem anderen Winkel,
weggeschleudert,
die schönen Sandalen.

Kein Mörser, keine Hirse
in seinem Loch
aus schiefen Wänden;
kein Gran Fleisch,
von Honig zu schweigen.

Zwischen Dachsparren hindurch
fiel nächtens
das schwache Licht aus dem All.

Weh, Blume Zion!
Weh euch, Judas Löwen!

Sanftgrün folgte
der Morgen, und hoffnungslos erblaßte
der Morgenstern.

So lag er auf einer Maultierdecke.
Papyrus raschelte
oder die spitzköpfige Ratte.

Während seiner Gesichte
wurden ihm die Schläfen
salzweiß.

Er schöpfte Wasser
mit einer farbigen Scherbe.

Weh, geiler Glaube!
Weh, guter Geruch!

Halbnackt, als Deportierter
der Zukunft,
trat er ins Tor.

Sein scheuer Sohn
fütterte die Wildtauben,
als er ihn rief.

Doch der Sohn entfernte sich.

Noch immer pflegten sie hier
höhnisch die Lippen zu verziehen
über den Unsinn eines Vaters:

verkappte Räuber,
die Haus an Haus reihten,
Acker an Acker rückten,
bis kein Raum mehr vorhanden war.

Noch immer, mit Scharen von Wächtern,
passierten das Tor gemessenen Schritts,
die das Recht beugten.

Er redete sie an.
Er verwies ihnen in hellem Ton,
die Hilflosen zu unterdrücken,
die aus dem Elend noch auszubeuten.

Doch da er nur ein Bote war,
fügte er hinzu:
›So hat der Herr gesprochen!‹

Und er wandte sich auch an jene,
die sich angesichts der Gefahr
blindlings der eigenen Kraft
überließen.

›Glaubt und
werdet stille! Wartet
und vertraut!‹

Dabei sah er
— was niemand sah —
die Zeit.

Ein leckgeschlagenes Schiff,
so legte sich plötzlich zur Seite
die herrliche Stadt.

In seinem Loch trommelte er mit beiden Fäusten
aufheulend gegen die Lehmwand,
fiel nieder,
betete.

Aber nun fing an,
rings um ihn Blut zu rauschen
in starken Bächen
durch sein Land.

Ein Leben lang
hatte er mit Worten
um Bilder zu kämpfen.

Wer merkte auf?
Wer fragte, woher er sie nahm?

Seine warnende Schrift konnte warten.

›Besser, ihr tut es selbst
und zerschmettert eure Kinder
an der Mauer.‹

11

Weisheit, nicht von Weisen
ersonnen,
du, mit nichts
zu vergleichen —

12

Frühschicht, Nachtschicht,
die normalen Stunden und die Überstunden —
doch ist es denn die Knochen-
müdigkeit allein?

Was ist es?

Ständig reden wir
aufeinander ein.

Auch nachher im Wagen, in den Waggons,
noch spät auf dem Heimweg
von Theatern und Pinten,
auf allen möglichen Straßen und Plätzen
und sehr großen Plätzen . . .

Solange wir reden,
bis zum Umfallen
in die waagerechten Träume,
glauben wir,

uns zwischen Unten und Oben
mit rechtmäßigen Gedanken
zu behaupten.

Aber mit unsrem Geschwätz
aus Liebe, Wut,
Scharfsinn, Wahnwitz, Bitterkeit
bringen wir füreinander nichts,
was die Müdigkeit aufwöge,
ans Licht.

Wir sprechen vom Falschen.

Ist es das?

(Wenn wir doch wenigstens
vom Falschen sprächen
wie Hamm oder Clov,
das heißt, mit der letzten
lachhaften Verzweiflung,
auf der ein Schimmer liegt von dem,
was gewiß ist —)

So bringen wir die Jahre hinter uns
wie bloßes Plappern.

Aber.

Und schweigen wir,
dann schweigen wir vom Falschen.

Noch geistes-abwesend
oder wenn wir uns sammeln, selbst vergessen,
machen wir nicht dem Falschen Platz?

Vielleicht ja. Vielleicht nein. Aber.

Unser Frieden
ist ein falscher geworden.

13

Nicht bevorzugt von den Göttern, obgleich
sie auch Baucis heißen könnte
und gemeinsam alt wurde mit einem
einzigen Mann.

Tränen.

Täglich durch helle Tränen
betrachtet sie die Efeuranke an seinem Stein
mit dem gemeißelten Namen.

Sie lernte Vorkriegszeiten kennen
wie Nachkriegszeiten.
Er schrieb an sie aus zwei Kriegen.

Zuletzt waren seine freundlichen Augen
hinter dicken Gläsern
verschollen.

Jahrzehntelang hatte er Gestelle zusammengeleimt,
Polster mit wunderschönen Stoffen bezogen.
Allmählich verkrümmte sich
sein Rückgrat.

Anflüge von Schwermut. Starrsinn.
Fehlschläge. Leiden. Rentners
Schlappen.

Schließlich war er so klein geworden
wie sie, und er schmunzelte darüber.

Oft saß er draußen im Garten,
den Quartband eines Schusters
in abgewetztem Leder
auf den Knien:

Vierhundert Jahre trennten den Polsterer
vom Schuster, doch der gleiche
klare Sommerhimmel war beiden lieb gewesen.

Wenn der Alte aufblickte
von den in Lettern versunkenen Hieroglyphen
seines Schusters, himmlisch schweren Rätseln,
blendete ihn die Helle des Flusses
am Gartenende.

Er konnte ungefähr erzählen,
was er gelesen hatte.

Er war kein Mann wie die Männer.
Tanzte schwer. Zielte schlecht.

Um Buden und Zelte,
aus denen harte, bunte
Frauengesichter lugten,
hatte er schon als Junge
einen Bogen geschlagen.

Aber sie, sie hatte sich an seinen Hals gehängt
und ihm die Füße gewaschen.
Von den ersten ersparten Talern
eine Taschenuhr mit Sprungdeckel verehrt.

Kinderlos wurden sie alt.
Der Schmerz darüber verblaßte.
Auch die Kriege hatten sie
endlich vergessen.

Doch waren sie nicht durch eine
der Vorkriegszeiten zur Schule gegangen
und hatten sich still an den Händen gefaßt,
um in die sich erhebende Sonne
hineinzulaufen?

Nun setzt sie sich im Garten
auf seinen leeren Platz.
Wie das Wasser
fließt und fließt!

Wenn sie an ihre Trennungen denkt,
keine
hatte ewig gewährt.

Tränen
der Freude.

14

Ein Fußball,
im Gras vor einem Reihenhaus
liegengeblieben,

wird anderntags wieder
zur Gegenwart.

Gegenwart?
Nicht nur für Zehnjährige
bloß eine Zeitstufe
aus der Grammatik.

Mit Fünfzehn
hält man den Morgen noch
für ein Gebüsch voller Sperlinge.

Manchmal seh ich sie ankommen
mit Linienbussen
(in rauhen Mengen)
vor dem Schwimmbad.

Nach der Abkühlung
ziehen sie sich zurück
— immer zu zweit —
unter hohe Bäume.

Kleine Feuer im Wind
und die langen glatten Haare
bei Windstößen.

Wie einer von ihnen
kommt auf einmal der Herbst
mit schwirrender Gitarre
den Hügel herab.

Einschlafen: wie leicht.
Aufwachen: wie schwer.

Winterlang träumen
im Heizungskeller ihre Fahrräder
vom Singen der Speichen.

Plötzlich kann alles
so langweilig werden.

(Geldscheine lose in den Taschen
oder in einem Beutel
zwischen Hemd und Hosenbund —
nie genug.)

Monster müßte man sein.

Doch dann, für eine Weile,
fühlt jeder sich
eins mit den bildschönen Schattenwerfern
im Vordergrund
des neuen Films.

Man kickt auch besser,
für eine Weile,
nach einem Stadionbesuch.

Unheimliche Wut
auf alles

verschwindet
zwischen zwei Wimpernschlägen

hinter einem grundlosen,
kaum zu bändigenden Lachen

mit immer neuen Echos.

Wenigen brennen noch die Backen,
schlägt ihnen die Scham
ins Gesicht.

Einmal soll es
ganz anders gewesen sein.

Aufgetischte Geschichten
von Eltern
und Großeltern,
Bücher und Fotos —

Erinnert sich einer
noch an die letzte Losung?

›Genießt den Krieg!
Der Frieden . . .‹

Vollendete Vergangenheit.
Vollendete Gegenwart.

Für sie jedoch,
die mit Hunden aufwachsen,
ist scheinbar
(noch lange)
kein Ende abzusehen.

15

Unter der Nebelglocke,
während es finster wird
und Vorüberfliegendes
mir in den Ohren rauscht:

So wird es nicht weitergehen.

Gut, ihr seht noch die Hand vor den Augen,
feuchte verschwommene Lichter,
drei Schritte Asphalt
und einen über die Mauer
herüberlangenden Ast.

Wo aber liegt
das andere Ufer?
Der letzte nicht gesperrte
Paß im Schnee?
Die Stadt am Himmel?

Klarheit —
vernachlässigt;
das Taglicht —
nicht genährt;
für Lauterkeit —
zu wenig Sorge getragen.

Nun wächst der Nebel zu.
Heimlich wird Unheimlich.

Unsere Verräter haben
keine Gesichter und die
gleichen Stimmen.

Wir streifen
durch das Undurchsichtige,
mit etwas Glück.

16

Mitten im Unfrieden
kommt von oben ein Luftkeil gestürzt
und wirft als Föhn
königsblaue Furchen auf.

Nur die sich lieben,
sind heut füreinander vorhanden.

Von den Kiesbetten der Flüsse,
von Dachgärten aus schauen sie
in ungebrochenen Glanz.

Ihre Kinder zählen die Schimmel
in den Märchen.

Keines fährt sich
ungläubig über die Augen,
wenn auf ausgebreiteten Schwingen
Kraniche kreisen.

Heckenrosen und Herdrauch
gehen in lange Briefe ein
mit Duft und Gewürz:

Verabredungen von Paar zu Paar,
über die Ahornböden zu wandern,
zur Weinlese,

oder gemeinsam für den Frieden
zu marschieren
und sich auf einer Wiese zu verschanzen,
ausersehen für einen Atommeiler.

Die Klause der Schwermut
liegt verlassen
inmitten eines geschlagenen Waldes.

Mit tiefen Blicken
sucht einer im andern nach der Leidenschaft.
Nachts schlafen sie miteinander
unter Kometen,
lauter Glücksbringern in ihren Träumen.

Wer von ihnen helle Steine wegräumt,
um Wurzelstöcke zu roden,
findet weder verkrustete Waffen
noch Knochen, noch Asche.

Immer wieder stoßen Mund und Mund
zu Küssen zusammen. Wie leicht auch
verschwistern sich die Herzschläge.

Sprache wirft sich
durch Schleusentore.

Was gilt es!
Keiner, der Liebe in Verse übersetzt,
läuft Gefahr,
den glücklichen Ausgang zu verfehlen.

Nie fällt auf den, der unterwegs ist, zu lieben,
eine Schieferplatte vom Dach.

Mit innigen Armen
sich aneinanderpressend,
schauen sie jetzt alle nach oben —
ein Schauspiel:

Der äußerste Rand der Sonne
beginnt sich zu schwärzen.

17

Überronnen vom Schauer der Weite,
noch einmal senk ich
die Wimpern.

Engelstille.
Septembers blauer Duft.

Unten im kühlen Stromtal
hält sich das Leben verborgen.
Über der Stoppel aber wird es leer.

Ein Bund Astern
am Feldkreuz.

Verständigung über den Abschied
allerlanden.

So verschwimmen die Hügel
und die Schatten der Hügel
mit der Sphäre.

Schön und zerbrechlich
auf ihrer Spur im All
die blauschimmernde Kugel.

18

Und Zedekia
regierte zu Jerusalem elf Jahre,
fiel ab von Babels König, seinem Vetter,
und tat vieles, was dem Herrn übel gefiel.

Nachdem er neun Jahre regiert hatte,
zog Nebukad-Nezar, der König von Babel,
mit großer Streitmacht
nach Jerusalem
und belagerte die Stadt
zwei Jahre lang.

In der Stadt nahm
der Hunger des Volks überhand.

Da gaben Zedekia, sein Hofstaat
und seine besten Kriegsleute
sich verloren und flohen bei Nacht
auf einem geheimen Weg
bis ins Blachfeld.

Doch seine Feinde jagten Zedekia nach
und ergriffen ihn.

Einunddreißig Jahre war er alt,
als man ihn mit seiner Familie und seinem Hof
vor den König von Babel führte.

Der ließ ihn als Verräter verurteilen.

Auf des Königs Geheiß schlachtete man zuerst
Zedekias Kinder vor dessen Augen.
Danach die Fürsten.

Das war das Letzte,
was er auf dieser Welt sah.

Denn nun blendeten sie ihn,
banden ihn mit zwo Ketten
und brachten ihn nach Babel,
wo sie ihn ins Gefängnis legten.
Dort lag er,
bis er starb.

Der König von Babel aber schickte
seinen Hofmeister mit einem Heer
in das aufgegebene Jerusalem.

Nebisar-Adan verbrannte das Haus des Herrn
und das Haus Zedekias
und alle stehengebliebenen Häuser
mit Feuer.

Das Volk,
das in der Stadt noch ausharrte,
ließ der Hofmeister zusammentreiben
und vor den König bringen.

Der weilte auf der Tenne Riblath,
am Bach Naschet.

Dort schlug er sie alle tot.

19

Weisheit ohne Weisheiten,
nur ein Hauchen der göttlichen Kraft,
genannt:

einig, mannigfach, scharf, behend, beredt,
rein, klar, sanft, freundlich, ernst, frei,
fest, gewiß, wohltätig.

Du, die du das Grauen
nicht aus der Welt verbannt hast,
um unsre Freiwilligkeit zu prüfen:

O ja, du stellst uns anheim,
die abwesende Güte zur Wiederkehr zu bewegen,
Raum zu schaffen durch Ausroden
(das Dickicht unsres Eigennutzes),
ihr Zeichen zu geben mit Mund und Händen,
aus freien Stücken, Mal für Mal —

Und einer um den anderen
muß sich dann für ihr Bleiben entscheiden,
sich für sie verbürgen
in Geduldsproben,
Mal für Mal,
rückhaltlos, selbstlos.

20

Später, sehr sehr viel später,
auf veraschter Erde, in der Öde, der Menschenleere,
auf einem totenstillen Kontinent,
irgendwann, wann immer,
nach dem Schweigen der Waffen —

wird der Überlebensgeist aufbrechen,
mit abgesengten Brauen, die Wangenknochen rußig,
Eisenrost um den Hals,

um nach dir Ausschau zu halten,
um dich, Weisheit, sich äußern zu hören
über jenen,

der im Sold unsrer Verfehlungen
und Unterlassungen stand,
der mächtigste, älteste aller Söldner,
der Unzählige in Einzelgruben
und Massengräber schleifte
oder sie einfach liegen ließ,
wo sie liegen geblieben . . .

Und man wird eine Stimme vernehmen,
undeutlich erst (so wie vorzeiten das Lautwerden
der Segeltücher bei aufkommendem Wind),
aber dann hell und klar:

›Laß die Furcht hinter dir!
Sind doch beide, Tod und Schatten des Todes,
unterwegs in ewige Verbannung.‹

Anmerkungen

1. Teil
Die mittlere Passage ist die freie Wiedergabe von etwa 10 Versen aus einem der Apokryphen Bücher mit dem Titel ›Die Weisheit Salomos an die Tyrannen‹.

10. Teil
Einige Zitate stammen aus dem Buch Jesaja.

12. Teil
Hamm oder Clov: Personen aus Becketts ›Endspiel‹.

13. Teil
Der Schuster: Jakob Böhme (1575—1624), genannt Philosophus Teutonicus, war Meister des Schuhmacherhandwerks in Görlitz/Schlesien.

18. Teil
Freie Nacherzählung des letzten Kapitels aus dem Buch Jeremia.

19. Teil
Die zweite Strophe ist ein Zitat aus ›Die Weisheit Salomos an die Tyrannen‹.